FLÁVIA SAVARY

O MUNDO MUDA... SE A GENTE AJUDA!

ILUSTRAÇÕES
DANIEL KONDO

1ª edição
FTD
São Paulo - 2021

Copyright © Flávia Savary, 2014

Todos os direitos reservados à

EDITORA FTD S.A.

Matriz: Rua Rui Barbosa, 156 – Bela Vista – São Paulo – SP
CEP 01326-010 – Tel. (0-XX-11) 3598-6000
Caixa Postal 65149 – CEP da Caixa Postal 01390-970
Internet: www.ftd.com.br
E-mail: projetos@ftd.com.br

Gerente editorial CECILIANY ALVES
Editora executiva VALÉRIA DE FREITAS PEREIRA
Editora assistente MARIA CLARA BARCELLOS FONTANELLA
Gerente de produção editorial MARIANA MILANI
Coordenadora de produção MARCIA BERNE
Coordenador de arte EDUARDO EVANGELISTA RODRIGUES
Editora de arte ANDRÉIA CREMA
Projeto gráfico e diagramação ADRIANA FERNANDES
Coordenadora de preparação e revisão LILIAN SEMENICHIN
Preparadora RENATA G. PALERMO
Revisora ELVIRA ROCHA
Tratamento de imagens BRUNA BUNIOTTO E ANA ISABELA PITHAN MARASCHIN
Supervisora de iconografia CÉLIA MARIA ROSA DE OLIVEIRA
Pesquisadora de iconografia GRACIELA NALIATI
Diretor de operações e produção gráfica REGINALDO SOARES DAMASCENO

Dados Internacionais de Catalogação na Publicação (CIP)
(Câmara Brasileira do Livro, SP, Brasil)

Savary, Flávia
  O mundo muda... se a gente ajuda! / Flávia Savary ;
ilustrações Daniel Kondo. — 1. ed. — São Paulo :
FTD, 2014.

  ISBN 978-85-322-9320-6

  1. Literatura infantojuvenil I. Kondo, Daniel.
II. Título.

14-06260   CDD-028.5

Índices para catálogo sistemático:
  1. Literatura infantil   028.5
  2. Literatura infantojuvenil   028.5

A todos os que nascem para o céu,
mas, brotados na terra,
dedicam-se a construir o Reino de Deus aqui.
E seguem nos dando a maior força!

"Se todos fizéssemos as coisas
de que somos capazes,
ficaríamos espantados com nós mesmos."
Thomas Edison

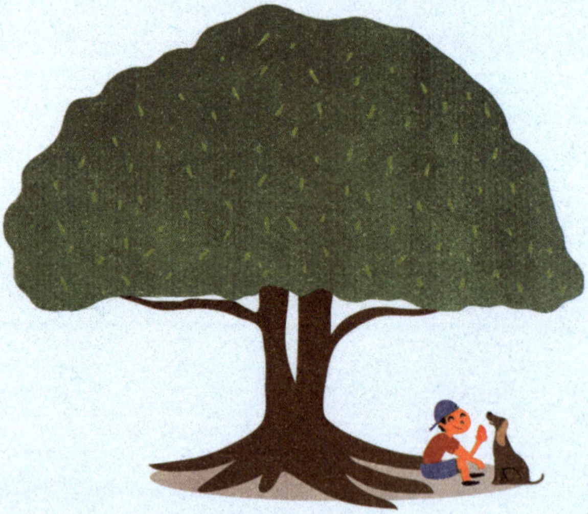

1. A PARTIDA DE MATEUS 6

2. LUCAS, O SONHADOR 9

3. UM SONHO DE PROFESSORA 14

4. A BOMBA! 16

5. INSPIRAÇÃO DIVINA 20

6. FRUSTRAÇÃO GERAL 23

7. A FORÇA DA IMAGINAÇÃO 26

8. A VIRADA 30

9. FINAL SEM FINAL 34

A COMUNIDADE E OS PATRIMÔNIOS CULTURAIS 36

1. A PARTIDA DE MATEUS

Minha mãe estava feliz, mas chorava tanto que daria para ensopar mil lenços. Meu pai a abraçava, feliz também. Vez por outra, porém, disfarçava a vontade de chorar, pigarreando. Eu olhava os dois e não entendia como alguém que se dizia feliz chorava daquele jeito.

Eu estava feliz, sabendo que meu irmão Mateus iria realizar seu sonho de cursar faculdade. Ainda mais uma especialidade de nome tão bonito: agronomia. Mas, à medida que a van que o levava sumia na estrada, a "doença" do choro pegou em mim também.

Corri pra dentro do mato. Não queria que ninguém me visse chorando. Afinal, cresci ouvindo aquela famosa frase: "Homem não chora". Só que, depois do que vi e senti hoje, e parando bem pra pensar, estou convencido de que a frase é falsa.

Olha só quantos exemplos provam minha tese. Meu avô chorou no enterro de minha avó. Meu tio chorou quando perdeu o emprego – e na frente dos cinco filhos! Meu padrinho chorou durante minha primeira comunhão. Meu irmão chorou ao receber a notícia de sua aprovação no vestibular. Até o padre Geraldo chorou na festa surpresa que os paroquianos aprontaram para seu aniversário de 30 anos de sacerdócio.

E eu, ao ver meu irmão, meu único irmão querido, espécie de "pai estepe", quando o verdadeiro está dando duro pra sustentar a família, ir embora, quem sabe se pra sempre, não posso chorar por quê?

Karaokê veio correndo atrás de mim pra me consolar, abanando o rabinho e lambendo minha cara com aquela língua babenta. Sei que é um nome diferente, mas meu cachorro tem mania de latir junto com tudo o que canta, de passarinho a gente.

Achei-o perto de casa, órfão e abandonado, pior situação possível para um bicho tão pequeno. Quase morto, a única coisa que ele sabia fazer era imitar a música de outros bichos, nós inclusive. Cresceu assim, com au-aus que acompanhavam cada melodia que ouvisse.

Além de Karaokê, o outro grande amigo que tenho é vô Tonho. Ou seu Antônio, muito considerado na cidade. Vô Tonho já fez de tudo. Quando jovem, foi vendedor ambulante e conheceu mil lugares e pessoas diferentes. Depois foi quitandeiro, padeiro e, agora que se aposentou, é relojoeiro. Pra quem não sabe, relojoeiro é quem conserta um troço que quase ninguém mais usa: relógio.

Com ele, peguei o gosto de montar e desmontar mecanismos. Gosto de aprender como as coisas funcionam por dentro. Quem sabe isso não me ajuda a entender como funciono por dentro também?

2. LUCAS, O SONHADOR

Mamãe vive repetindo que preciso fazer novos amigos. Não que eu não queira. Acontece que isso é mais difícil pra quem prefere jogos de imaginação a jogo de bola ou de gude, por exemplo. Que acha mais legal dar asas à imaginação do que atirar pedra em passarinho, o que considero o fim da picada! Se for pra andar com meninos assim, prefiro ficar no meu mundo, sonhando acordado.

Meu melhor amigo era o Mateus, apesar de haver uma diferença enorme de idade entre mim e ele. Foi meu irmão quem me incentivou a ler e me deu o primeiro livro de histórias. Daí pra frente, não parei mais de querer entrar em mundos diferentes, por meio da palavra.

Antes disso, meus avós me contavam histórias, lidas ou inventadas, antes de dormir. Ou seja, desde que me entendo por gente, histórias fazem parte da minha vida.

Quando mamãe achou que a família iria ficar restrita a três, que nem a Sagrada Família que vemos no presépio montado na praça a cada Natal, eis que apareci. Sou a famosa "raspinha do tacho"!

Minha mãe adora nome de santo, por isso ganhei o nome de Lucas. Acho que se tivessem nascido mais dois filhos, teríamos em casa os quatro evangelistas: Mateus, Marcos, Lucas e João. Se fossem meninas, aposto que todos os nomes começariam com Maria – que é o nome dela, aliás.

Já reparou com que facilidade mudo de assunto? Falei sobre meu irmão, daí passei pro cachorro, pelo avô e me perdi em mil caminhos... Onde é que eu estava mesmo? Acho melhor começar do início.

Moro em Alvorada da Passarada, cidade pequena e antiga, com um lindo casario da época colonial. A região já foi passagem de tropeiros. Data dessa época a fundação da cidade, o que explica (pelo menos para nós que a amamos) ser considerada patrimônio mundial, ainda que de maneira não oficial.

    É quente no verão e fria no inverno. A praça, onde se monta o presépio, fica diante da igreja e tem uma mangueira centenária. Além disso, há um mirante, rios, cachoeirinhas, muito campo cultivado e pasto. Não se veem muitos carros: quase todo mundo anda de bicicleta.

    Como gosto de coisa e gente antiga, sinto-me bem morando aqui. Alvorada da Passarada só não oferece muita oportunidade de formação ou trabalho. Por isso, meu irmão teve de procurar as duas coisas fora. Foi a primeira vez que me peguei pensando naquela famosa frase: "O que vou ser quando crescer?".

Mateus já lidava com agricultura, que nem meu pai. Então pensou em ir além e aprender técnicas que ajudassem o povo do campo, que dá um duro terrível pra sobreviver. É praga de inseto, falta ou excesso de chuva. É manuseio incorreto da terra ou de agrotóxico, que, em vez de matar o que deve, às vezes mata o que não deve. Ou seja, bicho, rio e, se bobear, até gente!

Acho muito inteligente tornar-se especialista em algo de que já se gosta. Só lamento a ausência do mano que, espero, volte pra nos ensinar o que aprender lá na cidade grande...

Eu preferia não deixar meus pais, vô Tonho, Karaokê, muito menos Alvorada da Passarada. Mas tenho de pensar no futuro, como papai vive dizendo.

Genecy, meu pai, gosta de profissões que começam com a letra "a". Daí o orgulho de ter um filho agrônomo. Também o alegraria se o Mateus escolhesse advocacia, administração, e por aí vai.

Já mamãe gosta de todas, desde que correspondam aos talentos que cada um recebeu de Nosso Senhor. Padre, então, ela acha uma escolha divina – no que concordo plenamente com dona Maria. Pra mim, profissão é vocação, mas também serviço. E padre "joga nas onze"!

O que sei é que gosto de montar e desmontar relógios, como meu avô. Só que até completar a maioridade, é capaz de nem existir mais relógio no mundo. Gosto de bicho, mas não acredito que teria coragem de abrir a barriga do Karaokê, se tivesse de fazer uma cirurgia pra salvar sua vida.

Gosto de gente também, apesar de nem todos entenderem meu jeito avoado de ser. Podia ser médico, quem sabe? Mas médico é complicado, porque lida com dor e sofrimento. E eu fico muito aflito quando vejo alguém sofrendo. Sei consolar, emprestar lenço, dar copo de água com açúcar. Mas costurar um corte na perna, por exemplo, não sei se daria conta de fazer.

Enfim, acho que essa é uma questão pra se pensar depois. Agora tenho de correr, senão chego atrasado à escola. Tchau!

3. UM SONHO DE PROFESSORA

A escola, igual Alvorada da Passarada, é pequena, mas tem uma biblioteca maravilhosa, com vários livros ilustrados. Claro que não se compara à biblioteca que meu irmão vai encontrar na faculdade. Mas em uma faculdade também não se encontram crianças, nem livros com ilustrações infantis.

Dentre os meus preferidos, estão os livros de histórias. E, entre as histórias, quanto mais imaginativas melhor. Por falar em "imaginativa", a professora que mais combina com a palavra (e, por tabela, comigo) é tia Renata.

Tia Renata ama minhas redações, que faz questão de ler em voz alta, diante da classe. O que me faz morrer de vergonha... E felicidade. Algo mais ou menos parecido com estar feliz e ter vontade de chorar.

Nossa professora fez o percurso inverso de meu irmão. Ela morava na cidade grande, se encheu da violência, do caos do trânsito, e, apesar de ganhar um salário muito melhor por lá, veio morar em Alvorada da Passarada.

Desde que chegou à cidade, tia Renata já aprontou mil revoluções. A primeira foi quando promoveu a primeira maratona de leitura. Vocês pensam que ela se contentou em ficar só entre os muros da escola? Que nada! Misturou alunos, professores, pais e até os vereadores na tal maratona.

A ideia era escolher um texto conhecido de todos e fazer um comentário original. Depois, um júri popular elegeria o vencedor de cada categoria. Não quero parecer convencido, mas, na categoria infantil, a redação vitoriosa foi a minha, claro! Comentei um trecho da Bíblia que todo mundo conhece: o dilúvio e a arca de Noé. Ganhei aplausos, medalha de ouro (falso, mas valeu assim mesmo) e um diploma que meus pais emolduraram e penduraram na sala.

Depois foi a festa de São João. Tinha tudo a que uma festa de São João tem direito. Só que, nas bandeirolas, cada pessoa devia escrever poemas de sua autoria. Saiu cada coisa engraçada que só vendo! Muita gente deu "bandeira", literalmente, ao declarar-se à pessoa amada com um poema romântico.

De uns dias pra cá, porém, tenho percebido certo ar de preocupação em tia Renata. É como se ela escondesse algo em seu coração. Se bem a conheço, isso não vai ficar fechado lá dentro por muito tempo. Aposto que vem novidade por aí.

4. A BOMBA!

Karaokê me segue aonde quer que eu vá, inclusive à escola. Na volta, a gente vem fazendo a maior farra até chegar em casa. Mas hoje ele estranhou meu silêncio e ficou sem latir, acompanhando a música que costumo cantar.

Cidade pequena tem um ritmo totalmente diferente do de cidade grande. As pessoas não têm pressa, o tempo passa com tempo (se me permitem a expressão poética), tudo acontece devagar e parece que não vai mudar nunca. É gostosa a sensação de sentir que as coisas fluem como um rio, no ritmo típico da natureza.

Acontece que muita gente pensa que natureza é um atraso de vida. Finalmente revelou-se o problema de tia Renata, escondido exatamente dentro dessa palavra tão delicada e ameaçada: natureza. Não sei por quais meios (provavelmente por um de seus muitos admiradores, algum que trabalhe na prefeitura), ela descobriu que o prefeito pretende derrubar a mangueira centenária da praça para construir um palanque!

A alegação do prefeito cabe em outra palavra, na qual se entulha coisa que presta e que não presta: progresso. "Alvorada da Passarada precisa se modernizar", ele argumentou. "E nada melhor do que um palanque, onde se consolida a democracia." Claro que o primeiro discurso previsto era do tal prefeito... Estavam explicadas as rugas de preocupação de nossa professora, sempre alegre e brincalhona.

– A mangueira é um símbolo de nossa cidade, gente! – ela desabafou em sala de aula. – Não podemos deixar que a derrubem. O palanque pode ser construído em qualquer lugar, até no pátio da prefeitura. Hoje é a mangueira; amanhã, a praça. Depois o casario antigo. Daí a mata, as cachoeiras... Onde essa destruição pode parar? Temos de fazer alguma coisa! – disse ela, firme, dando um soco na mesa.

E, quando tia Renata dá um soco na mesa, a coisa é séria. Nós nos dividimos em grupos, a fim de propor ideias e alternativas. Só que ninguém me quis em seu grupo, já que minhas propostas eram todas mirabolantes.

Como aquela era a última aula do dia, aproveitei que ninguém estava prestando atenção em mim e fui pra casa, cabisbaixo. Poxa, é muito chato ser excluído só por ser diferente dos outros – gente não é formiga, ora! Cada qual tem seu jeito. Foi Deus quem nos fez assim.

No caminho, encontrei vô Tonho, que me fez companhia na volta pra casa. Óbvio que ele sacou que eu estava chateado. E óbvio que lhe contei o que tinha acontecido.

– Luquinha – esse é meu apelido –, a vantagem da idade é que, a cada ano que passa, aprendemos mais sobre o mundo.

E essa sabedoria nos mostra que, como os relógios, tudo tem um tempo. Há um tempo para cada coisa, não adianta ter pressa. Os outros ainda vão descobrir o valor de uma cabecinha cheia de imaginação feito a sua.

Depois de cantar um samba antigo para o Karaokê acompanhar, vovô falou. Novas rugas apareceram em sua testa:

– Mania que esse povo tem de acabar com o que é velho... Eu que me cuide! Daqui a pouco, vão querer me derrubar também! Sua professora está certa. Não podemos cruzar os braços e deixar que derrubem a mangueira. Depois que se rompe a primeira barreira do bom senso, toda uma enchente de burradas vem atrás. Vamos procurar o padre Geraldo. Ele há de nos dar uma luz.

5. INSPIRAÇÃO DIVINA

O padre cuidava da horta de tomates, ao lado das roseiras. Ele gosta de misturar flor e fruto, juntando beleza e praticidade no pequeno espaço de seu quintal. De temperamento quente, ficou furioso ao ouvir a história do prefeito e sua intenção.

– Como é que pode? Com tanta informação circulando na mídia, ainda tem gente que não aprendeu a importância de se cuidar do meio ambiente? Ao invés de plantar mais pés de fruta, ele quer arrancar o mais bonito e tradicional da cidade? Deus nos incumbiu de administrar a criação, não de destruí-la. Renata tem razão, Lucas. Precisamos bolar um plano urgente para proteger a mangueira.

O padre nos convidou a entrar e tomar um café que ele coou na hora. De acompanhamento, um bolo de fubá recém-saído do forno. Estava tão gostoso que quase comemos tudo, bem antes do almoço – se dona Maria descobre, acho que até vovô levava puxão de orelha!

O padre, eu e vô Tonho formávamos um belo trio: eu sonhando, vovô filosofando e o padre ora apelando aos santos, ora à bengala pendurada na cadeira.

– Assim não chegamos a lugar nenhum – ele disse, lá pelas tantas. – É melhor convocarmos um conselho, ou seja, chamar todas as pessoas de bem da cidade para, juntos, discutirmos a maneira correta de agir. Acho que só unindo forças teremos alguma chance de impedir essa maluquice.

Aplaudimos o padre Geraldo. Karaokê deu latidos que lembravam sinos tocando. Depois do almoço, enquanto vovô ligava para seus amigos, voltei à escola. Soube que, por lá, a coisa estava fervendo.

Realmente, ao entrar no prédio, vi tia Renata comandando um pequeno exército de voluntários que pintava faixas, cartazes e camisetas. Ao me ver, ela me saudou com um abraço:

– Lucas, você fez falta! Por onde andou? Quando o procurei, disseram que tinha ido para casa. Sua imaginação me inspira.

Aqueceu meu coração saber que tia Renata havia sentido minha falta. Contei-lhe a ideia do padre Geraldo, aprovada por ela entusiasticamente.

– Maravilha! Juntamos nossas turmas ao pessoal do conselho, mais os fiéis que o padre convocar... E já temos um bom número. Quando o prefeito perceber a quantidade de pessoas insatisfeitas, ele mudará de planos.

Para selar sua animação, bem ao gosto de nossa querida professora, ela lançou frases do tipo "Longa vida à mangueira!" ou "Fora palanque: a mangueira é nossa!", acompanhadas, aos gritos, por todos os presentes.

6. FRUSTRAÇÃO GERAL

Só que as coisas não correram conforme esperávamos. De fato, a praça estava cheia de gente e, de fato, o prefeito ficou impressionado com o número de pessoas. Mas seus argumentos também eram bons, lá do jeito dele.

– Ilustres concidadãos – começou ele, com aqueles termos pomposos que políticos gostam de usar –, é demasiado louvável o ato público ensejado pelos nobres filhos de Alvorada da Passarada... Que seria ainda mais louvável, se feito sobre um palanque, verdadeiro pilar da democracia.

A democracia, para o prefeito, era desculpa pra qualquer coisa: até derrubar nossa mangueira querida! Ouviram-se poucos aplausos e muitas vaias. Ele não se abalou e seguiu em frente que nem um trator.

– É compreensível o apreço de alguns por este símbolo da tradição em nossa cidade. Mas os tempos modernos pedem modernização – tia Renata torceu o nariz diante da redundância. – A razão para a derrubada da velha árvore, na verdade, não é fruto de mero descaso. Muito pelo contrário, ela resulta de longas reflexões. Alego a segurança de nossos habitantes, uma vez que, a qualquer momento, pode cair uma manga na cabeça de quem passar por aqui.

Quanto a isso, tínhamos de concordar. Fred, o pipoqueiro, precisou refazer a cobertura de seu carrinho por duas vezes, graças às tais "mangadas". E uma noiva, que tirava fotos para o álbum de casamento, quase desmaiou ao perceber que o véu estava todo manchado de manga!

Confiante, o prefeito continuou:

– E tem mais. As raízes da mangueira, todos sabem, por conta de sua robustez colossal (– foi minha vez de torcer o nariz: afinal, ele falava de uma árvore ou de um monstro? –), forçam de tal modo o piso da praça, que acabam por destruir todo o calçamento. Vocês fazem ideia de quanto custa, aos cofres públicos, cada conserto dessa qualidade?

Outro argumento imbatível. Até eu já tropeçara numa das raízes aparentes da velha mangueira. Meu avô até engessou o pé, certa vez, ao cair por causa delas. E a calçada ficava mesmo bem avacalhada quando as raízes da mangueira resolviam "passear" fora da terra. Com a tarde que caía, caíam também nossas convicções.

– Finalmente – arrematou o sorridente prefeito –, quem não se recorda de que, em tempos recentes, a cidade ficou uma semana sem luz? Foi após a ventania do verão passado, quando vários galhos desta ramagem descontrolada – raivoso, apontou a copa frondosa da mangueira centenária –, ao partirem-se, arrebentaram a fiação elétrica. Eu mesmo tive de lançar mão de meus contatos na capital, a fim de agilizar a visita da companhia de iluminação e ela proceder à devida manutenção na rede.

Diante das desgraças apresentadas, infelizmente todas verdadeiras, nós murchamos. Muitos vereadores e eleitores – alguns puxa-sacos, é bom que se diga – aderiram imediatamente ao projeto do prefeito, previsto para ser votado na semana seguinte.

Nós nos dispersamos e cada qual voltou pra casa com a sensação de haver feito papel de bobo. Antes de deixar a praça, porém, vi que padre Geraldo e tia Renata ficaram um tempão por lá, conversando. O que estariam tramando?

7. A FORÇA DA IMAGINAÇÃO

No dia seguinte, na escola, todo mundo estava com cara de enterro. Tínhamos a impressão de que não iam derrubar apenas a velha mangueira, mas nossas casas também. Só tia Renata parecia tranquila e não tirava os olhos de mim.

Quando as aulas acabaram, ela me procurou e propôs que fôssemos até a casa do padre. Lembrei-me do bolo de fubá e topei na hora.

Ao chegarmos lá, não encontramos o padre no quintal, muito menos bolo de fubá... Pra minha tristeza. Foi ele quem puxou o assunto:

– Lucas, em conversa com Renata, depois daquele triste encontro na praça ontem, lembrei-me das palavras do papa Francisco, durante a Jornada Mundial da Juventude de 2013, no Rio de Janeiro: "Ide sem medo para servir".

Os dois ficaram me olhando, em silêncio, como se esperassem eu dizer alguma coisa.

– Bonita frase. Mas o que isso tem a ver com nossa mangueira?

– Já, já chego lá. Jesus não disse "Vão, se quiserem". Ele deu uma ordem: "Ide!". Uma ordem que brota do amor, do compromisso. Como seu irmão, que deixou a família, a terra natal, em busca de uma vida melhor para todos. Contra essa cultura que trata tudo como descartável (até pessoas!), o Papa foi além e disse: "Nesse ponto, sejam verdadeiros revolucionários!".

O padre tomou um gole de café e continuou:

– "Ide sem medo". Por que ter medo? Afinal, Jesus é um amigo que nunca nos abandona. Papa Francisco tinha 17 anos quando se sentiu chamado a servir. José de Anchieta, o Apóstolo do Brasil, recém-canonizado, tinha 19 anos quando partiu em missão.

Comecei a desconfiar de que alguma coisa grande, muito maior do que minhas forças, estava sendo empurrada para cima dos meus ombrinhos de menino. Deu um frio na barriga e fiquei mudo.

Tia Renata pegou uma carona no discurso do padre:

– "Ide sem medo para servir". Servir: a Igreja e o mundo precisam da alegria e da garra de vocês, meninos e jovens. "A melhor forma de evangelizar um jovem é através de outro jovem", disse o Papa. Talvez a melhor forma de tocar o coração de uma cidade pequena como a nossa seja por meio de um pequenino feito você, Lucas.

Padre Geraldo aproveitou a deixa da professora:

– Aos olhos dos outros, talvez você não passe de um menino. Mas as crianças videntes de Fátima e de Lourdes também eram. Ser uma voz profética, voz que anuncia, é coisa que qualquer um pode ser, até uma criança.

Bebi o copo inteiro de café, tanto que minha boca estava seca. Fiquei completamente apavorado. O que será que eles tinham em mente? O que um garotinho do meu tamanho poderia fazer, quando uma cidade inteira havia falhado ao tentar salvar nossa mangueira?

– O padre está certo. Você é o que vê, Luquinha – falou, enigmaticamente, tia Renata.

– Como assim? – perguntei.

– Se pegarmos a primeira parte de seu apelido, "luqui", de Luquinha, temos o mesmo som da palavra "look", que, em inglês, significa "olhar". Você tem esse olhar para dentro e para fora. E o olhar de dentro é o da imaginação. Use-o a nosso favor, seja nossa voz!

A ideia que ambos bolaram parecia maluca, sem pé nem cabeça, completamente inútil... Mas maravilhosa! Tia Renata pediu que eu fizesse aquilo que sabia fazer melhor: imaginar. Imaginar e descrever, numa redação, um mundo onde não existissem árvores ou frutos, nem pássaros, bichos, rios e, portanto, gente alguma, já que dependemos uns dos outros. Um planeta onde a vida fosse impossível... Que é o que vai acontecer, se a gente não virar a mesa!

8. A VIRADA

Não pensem que foi fácil. Mesmo para alguém dono de uma imaginação incrível feito a minha, precisei suar a camisa pra dar conta de um texto à altura da missão. Vô Tonho foi fundamental, me emprestando livros de sua biblioteca particular. Foi ele quem achou a frase que serviu de fecho de ouro da redação.

Estávamos na semana em que seria votado o projeto. Todos os vereadores mostravam-se favoráveis à derrubada da mangueira.

Tia Renata aproveitou os mesmos cartazes e faixas e, de novo, reuniu o povo na praça. O prefeito apareceu e, com ele, vieram os vereadores e até suas famílias. Eles não pareciam ter um pingo de dúvida de quem sairia vencedor nesse segundo confronto.

Ao sinal da professora, subi na mangueira. O prefeito logo começou a gritar:

– Menino, não faça isso. É muito perigoso!

Ao que vovô retrucou:

– Nem vem que não tem, seu prefeito! Sou mais velho e testemunhei mais coisas do que você. Entre elas, já o vi muitas vezes subir na mangueira, quando o senhor era do tamanho de Lucas.

– E digo mais! – acrescentei. – O palanque que escolho é o mesmo dos meninos e passarinhos que se alimentam dos frutos de nossa querida mangueira.

Diante dos argumentos e das palmas, o prefeito calou-se. Pra criar coragem, olhei meus pais e comecei. Eles, mais vovô, foram os primeiros a ouvir a redação. Sei que família costuma ser suspeita. Mas o fato é que, quando terminei o ensaio, eles aplaudiram de pé! Até Karaokê latiu, aos pulos, acompanhando as palmas.

Não é pra me gabar, mas até eu fiquei emocionado com o que escrevi. Descrevi um mundo tão convincente que, se ele vier a existir um dia, palavra que não quero mais morar na Terra...

A redação, por meio das frases simples de um menino, dava vida a cenas incríveis. À medida que a ganância do ser humano crescia, aumentavam também as áreas desertificadas, as fontes de água tornavam-se focos de doenças, animais e povos eram obrigados a deixarem suas terras de origem porque a vida ali se tornara impossível.

Fazia-se um silêncio absoluto, era como se ninguém quisesse perder uma palavra. Antes de dizer a frase que meu avô pinçou de um livro, espiei o povo na praça. Os olhos de todos estavam úmidos – o quadro perfeito para lançar o fecho de ouro, cuja origem era de uma tribo indígena norte-americana:

"Quando a última árvore for cortada, o último rio envenenado, o último peixe morto, o homem descobrirá que não pode se alimentar de dinheiro".

Terminei de ler, dobrei a redação e guardei-a no bolso.

A primeira reação, claro, foi de tia Renata, que aplaudiu efusivamente. Em seguida, vovô, meus pais e Karaokê. Então padre Geraldo (com gritos de "Bravo!"), os colegas do colégio, professores, toda a população e até os vereadores!

Se a coisa tivesse acabado por aí, já estava bom demais. Mas os frutos da leitura foram muito além do esperado. Os filhos dos vereadores deram-se as mãos, cercaram a mangueira e disseram que a defenderiam com a própria vida, se necessário.

Nossa, que valentia tomou conta daquela gente! As mulheres foram as que entraram em ação, na sequência. Ameaçaram os maridos, afirmando que, se votassem a favor de um absurdo como botar a mangueira abaixo, não iriam mais cozinhar e que eles se virassem pela rua. E, como Alvorada da Passarada não tem restaurante, a coisa estava feia para o lado deles...

Finalmente, até a família do prefeito tomou o partido do povo, e ele se viu sozinho. Fosse por bom senso, fosse porque estivesse de olho nos votos pra se reeleger, muito solenemente, ele preparou-se para um novo discurso:

– Nobres cidadãos de Alvorada da Passarada, mediante o clamor popular, sensível aos apelos de minha gente e em benefício da democracia, declaro que a mangueira será tombada.

Espanto geral! Como assim "tombada", se o que todos queriam era o contrário? Ou ele percebeu o mal-entendido ou quis dar uma de espertinho, saindo-se com essa:

– No bom sentido, alvoradenses. A mangueira será tombada como patrimônio histórico. E a mesma medida será estendida ao casario antigo. E tenho dito!

Os aplausos duraram mais de dez minutos! Naquela semana, ao invés de lamentarmos a derrubada da tradicional mangueira, nos alegramos com a quermesse montada em torno dela, a fim de comemorar sua permanência entre nós. De quem foi a ideia da festa? Acertou quem disse "tia Renata", com o apoio do padre e do próprio prefeito!

9. FINAL SEM FINAL

E foi assim que um menino, tido por sonhador, com "golpes" de imaginação deu conta de salvar uma árvore (e só Deus sabe quantas coisas mais).

Diante da responsabilidade tão grande que experimentei, vi-me cutucado, de novo, por aquela perguntinha que persegue a todos que crescem, queiram ou não: "O que vou ser quando crescer?".

Corri até vô Tonho, esperando dele uma resposta pronta:

– Ah, mas ia ser muito fácil se fosse assim! Conforme já disse, há um tempo para cada coisa. Nem adianta ter pressa quando não se está pronto para uma escolha definitiva. Olhe, Luquinha, já rodei por esse mundão de meu Deus quando era vendedor ambulante e conheci toda sorte de gente. Com a experiência que ganhei, posso afirmar: não adianta colocar o carro na frente dos bois. Em outras palavras, quando chegar a hora, você saberá direitinho qual sua missão no mundo. O que inclui a profissão que irá escolher.

Acalmei meu coração e me pus a imaginar, deitado na grama e vendo figuras nas nuvens. O que vou ser quando crescer? Quando chegar a hora, como vovô explicou, eu saberei. Mesmo porque, até lá, já terei aprendido tantas coisas que elas mesmas me permitirão fazer a melhor escolha. Ainda que a profissão escolhida não comece com a letra "a"...

A COMUNIDADE E OS PATRIMÔNIOS CULTURAIS

Os personagens de nossa história se uniram para lutar pela preservação de uma árvore centenária que, de tão importante para a cidade, poderia ser considerada um patrimônio cultural da comunidade.

MAS, AFINAL, O QUE É UM PATRIMÔNIO CULTURAL?

"Patrimônio cultural é a soma dos bens culturais de um povo, que são portadores de valores que podem ser legados a gerações futuras."

Extraído do site: <www.iepha.mg.gov.br/sobre-cultura-e-patrimonio-cultural>. Acesso em: 30 maio 2015.

Os patrimônios culturais podem ser divididos em três categorias:

BENS NATURAIS

Cataratas do Iguaçu, no Paraná, 2014.

Mauricio Simonetti/Pulsar

BENS MATERIAIS

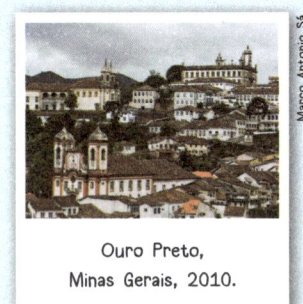

Ouro Preto, Minas Gerais, 2010.

Marco Antonio Sá

BENS IMATERIAIS

Pessoas dançando frevo, em Recife, Pernambuco, 2012.

João Carlos Mazella/Fotoarena

Isso quer dizer que preservar a natureza, os conjuntos históricos e a produção cultural de um povo é o mesmo que preservar a memória dele.

Vamos refletir:
MODERNIZAÇÃO COMBINA COM PRESERVAÇÃO?
É o que vamos descobrir.

AÇÕES!

1 Para saber o que é necessário preservar, primeiro é preciso conhecer. Pesquise em livros ou na internet imagens antigas e atuais de um patrimônio cultural que seja símbolo da sua cidade ou da região onde você mora. Descubra como foi o processo para torná-lo patrimônio cultural. Veja um exemplo:

Teatro Municipal de São Paulo, em 1920 e 2011.

- O que mudou no patrimônio pesquisado?
- Ele foi preservado? Se não, você consegue imaginar por quê?

2 Agora, considere a situação: um patrimônio cultural da sua cidade está para ser destruído e, no lugar, será construída uma ponte que melhorará muito o trânsito local.
- Em uma roda de conversa, reflita com os colegas e o professor sobre o que pode ser feito para preservar o patrimônio.
- Em uma folha de papel sulfite, desenhe ou escreva um texto que mostre às pessoas como a modernidade pode coexistir com a preservação de um patrimônio cultural. Reserve um espaço na folha para escrever uma frase de impacto, por exemplo:

É PRECISO PRESERVAR!

- Mostre seu desenho ou texto a seu professor e colegas.
- A que conclusão vocês chegaram: modernização combina com preservação?
- Além de bens naturais, materiais e imateriais, o que mais devemos preservar? Lembranças, amizades, relações familiares?

QUEM É
FLÁVIA SAVARY

OLÁ, EU SOU FLÁVIA SAVARY! Comecei minha trajetória profissional como ilustradora. Depois, a vida deu uma guinada e tornei-me escritora.

Ganhei cerca de 80 prêmios literários nos mais diferentes gêneros: poesia, romance, crônica, conto e dramaturgia, tanto para crianças quanto para adultos.

Mas confesso que meu xodó é a literatura infantojuvenil, na qual podemos nos aventurar por qualquer caminho e abordar temas fundamentais à humanidade, unindo imaginação e boas raízes.

Tenho mais de 30 livros publicados, com temas que variam da dor de dente à dor da separação, da alegria da fraternidade ao encontro com Deus. Enfim, sobre tudo o que a vida nos apresenta.

E a vida será uma aventura incrível, se pusermos em prática alguns conselhos do Papa Francisco: conservar a esperança, deixar-se surpreender por Deus e viver na alegria. Precisa dizer mais?

QUEM É
DANIEL KONDO

Arquivo pessoal

MEU NOME É DANIEL KONDO. Sou o ilustrador deste livro.

Sempre gostei de desenhar e inventar histórias, mas nunca imaginei que faria isso profissionalmente, que este seria o meu trabalho. Para mim, ilustrar é recontar a história com imagens.

Trabalhei ao lado de vários escritores e fiquei amigo de muitos deles. Assim, além da parceria literária, acabamos por construir juntos também nossas histórias de vida. Morei em muitos lugares e percebo o quanto isso influenciou o meu jeito de ver o mundo e, por consequência, como eu o traduzo em cores, formas e literatura. As nossas experiências sempre se refletem no que fazemos e na forma como nos expressamos.

Tenho três filhos: o Gabriel, o Felipe e a pequena Juju. Para quem adora crianças, como eu, é sempre bom ter motivos para dar boas risadas, ter divertidas conversas à mesa e ler boas histórias antes de dormir.

Impressão e Acabamento
Oceano Indústria Gráfica e Editora Ltda
Rua Osasco, 644 - Rod. Anhanguera, Km 33
CEP 07753-040 - Cajamar - SP
CNPJ: 67.795.906/0001-10